詩集

ある日一樹は

荒木忠男

砂子屋書房

＊目次

（Ⅰ）ある日一樹は

装本・倉本　修

詩集　ある日一樹は

（Ⅰ）ある日一樹は

ある日一樹は

生き存《ながら》えるために
全き命を整えようと
一樹は
今の中で懸命に姿勢を
育んだ

今のなかで
伸びる一樹は
はるか大宙へむかって
まことの像を描こうと

葉枝を輝かし
命の髄をひろげた

そうだ　すべてを
あらん限りの己の渾身を震わせ
炎えるものを炎やしつくし
おのれの中で巨火になった

やがて
己の中へ硬い種子を蒔いて
永遠の己の像を形成しようと
心魂の鑿を打ち込む

ある日
一樹は己のなかで夜叉となった

合図のように　一樹は
ほろび去るものに向かって
声なき声を叫びつづけた

棒のようなもの

影が頬杖をついて日向ぼっこをしている
あれは考える人に似て非なる姿だ
だがそこに「在る」ことに付いては否定はできない
位置とはそう言うことだ

たとえ在ることへの不審にしても　右へ大阪
左へ福岡　と首を振ることを諾おうとしない
石になって頑なに意地を通す者もいる

むかし神田にそんな床屋の主人がいた

彼の使う剃刀あたりは羽毛が滑ってゆく感じだった
も少し剃刀あたりを強くできないかと希望した途端
頭上から霹靂《へきれき》がおちた
石は石であることに位置を守る

年寄りは最近世間の箍《たが》がゆるんだと言っている
常識の物差しが一昔古いと一笑にふされる
目くじらを立てるほどのことではないのだが
そこはそれ年の功と言う奴
高見の位置がはげしく動揺する
そして意地の根瘤が震えるのだ

ある者は権威とよぶ爆薬にたとえた
ある者は倣慢の毒薬といって嫌忌する
だが高見の位置の影は

ますますかたくなに黒くなって
太陽を食らい呑み込んで砂漠になる

熱い風が地平を吹き荒れていた
砂はむかし石であったことを思いだすのだろうか
時に群れて脈をふるわせた
地震《ない》は腹をかかえて爆笑した
一夜さ凍月には罅《ひび》割れた在ることの位置が砂をかんだ
味気無く茫々として自失してゆく意地
位置とは在って無いようなもの
意地とは位置の上に立てられた棒のようなもの

世の片隅で

人の心をよそ目に
世の相は一寸先がみえない
初夢の草原をとぼとぼ
俯きかげんに歩いてゆく者
村人か　旅人か
はたまた俺か
ふかい物思いに沈んだ肩を夕日に押されるように
ながい影法師がこちら向きにやってくる

希望なんて
燃え尽きていく蠟燭か

空へはなった風船玉か
いやシャボン玉か
年頭の挨拶なんて白々しくて
庭木に群れる雀の囃しを聞いていたほうが
気持ちだけでも膨らむ

最後の同窓会開催の年賀状が
年頭から先を急ぐように
淡雪と共に舞い込んできた
齢の残滓のように滑稽だ
世の片隅で余計者の存在になっている者たち
逢えばどんな悲哀の言葉がこぼれるだろうか
苦笑いしながらお互いの死相を伺うだろう

そう言えば

年末の喪中葉書がふえた
年賀状が減った
あれもこれも時の流れへ押し流されてゆく
見えない大河のなかへ棹さして
われも揺れたゆたう一葉の笹小舟
おおい　そこゆく舟よ！
だれかの呼ぶ声がする

かまやぁしない　脇目もふらずに行くんだ
今日吹く風　明日吹く風も分かりぁしない
塩からい波しぶきが背中に冷たく吹きつけ
櫓櫂もままならず足よろめき
海の藻くずに――
夢醒め　また夢の中へ
今生の夢　まだ余りがあるのか

無聊（1）

「死は簡単だ！」
誰かそんなことを言ったか、言わなかったか
「はい、さよなら？」
なんて、そんなに簡単に言えたものでもあるまい
その前に高い崖っ淵にたたされて
苦悶か我慢か……
天を仰ぎ地にひれ伏して神よ仏よと七転八倒——
いや、案外ストンと暗転
フフフと行けたら　と虫のよいことを考え
ひとつの道筋にへたりこんで生を

ひたすら望んでほくそ笑む

至らざる事の多くして
至らぬを思い

厠にすくみながら　ふと
明日は何か起こりそうだと　ちょっと力み
ふっと力を抜いて晴れ晴れと
廊下を渡りながら築山の南天の熟れぐあいや
山茶花の蕾のふくらみに
冬はそこまで来ているんだと年の坂に気鬱になる

先《せん》の日の人との出会いには
逢う人ごとに齢をきかれ
おまけにお元気ですね　て

無機物にされた物の顔をして立つ
なんとも
無聊この上もない

無聊（2）

「いつも夏は短かかったのさ」
こんな詩の書き出しを読んだ
夏はそんなに簡単に過ぎただろうか
二〇〇八年の夏は頭に湯気を立てながら
ポケットに冷水のペットボトルをいれ
長い庇の帽子をかぶり
逃亡先をデパートやスーパー等々と

暑くないと男は己に言い聞かせながら
洗脳にしくはないと脳の海馬を静め

木陰や軒下をさぐりながらの外出
ギラック雲の峰を睨み
雨よ雨よと祈り　憮然
恨めしげに眼をつりあげて空を仰いだり

上の空はそしらぬ振りで熱線の棘を尖らし
なにをか況んやと人間の業を指す
男は鬱々と部屋にこもり
冷風の仕組みと家計を天秤にかけ
風よ風よとあたふた部屋を駆けめぐる
ああ　なんと夏は永いことか
夏よ去れ　夏よ早くいってくれ！
朝夕念じるけど
光の爪はすだれごしに老体を引っ掻きにくる

この汚されてゆく星に住む人間の性だと
気狂いの熱暑　気狂い雨　気迷い台風
あっちでも　こっちでも洪水・崩壊・沈没
こんな日常の報告を見聞きしながら
きょうも体内から悲鳴があがる
さてもさてもと
団扇でぱたぱた無聊をあおぎたてる

無　聊（3）

寒風にぐしゃっと縮かむ
つれづれにしてつれづれではない男
体の芯に大きな穴があいているようで
吹きぬける北風の音はごうごうと心もとない
飢餓列車が体内を縦横に走りぬける

あれは狐だったか狸だったか
あるいは座敷童子か　昨夜
忍者のように忍び足で納戸をうろつき
無聊の扉をそっと開けた途端

北風の太い足がざあっと走りぬけ
扉を音立ててばたんと閉めた
「あなた誰ですか」
奥の間から大声で女房の叫喚がした
驚いた曲者は闇の階段を転げて遁走

無聊なんて
ほっておいたらろくなことはない
今朝はやく玄関にでて寝不足眼で
おおきな欠伸をしていたら
隣の奥さんが
「退屈のようですね！」って
ちょっと艶のある声で男の耳をくすぐった

艶には縁のない男だが昨夜の悪夢に

ふらつく足を確かめ
犬を連れてそそくさ散歩にでていった
霜の降りたそとは
世界地図が真っ白になって
なんだか此の地球が軽くなったように
背筋を無聊の悪寒が獣のように疾走していった

クルマ梅雨

きのうも　雨
きょうも　しとしと
菜種梅雨だとよ

菜種なんて　どこに
あれは　昭和の話
田圃は一面　黄金色で
お百姓さんの顔も　黄色だった

思いだすなあ

黄色い花に紋白蝶なんて
麦秋とも言ったなあ

いまは田圃は道
道・車　車・道
そこのけ　そこのけ
車さまが通る
いや　税金が走るのだ

車梅雨
たれかさん
にんまり

ささくれる風の声

風の子が　口笛を吹いて
フィユー　フィユー
駆けてゆく　駆けてゆく

柿の葉を　もぎとり
椎の葉叢をゆさぶって
はしゃいでいる
まるで子供だ

向こう山の竹藪はくすぐったそうに身を揉み

笑っている　笑っている
雀たちは弾け玉をくらったように
わっと飛び立ち
季節もそそけだって

いや　世の中もみんな
そそけだっている
箍《たが》のきかない理をはずして
まるで子雀の騒ぎのように
喚いている
秋風を嬲《なぶ》っている

もう直ぐ　冬立ちだ
身も心も屈みそうだ
鉛色の空がかぶさってくる

お天道さまはそしらぬ顔

フィユー
また口さがない者が　喚いている
黒い頭のカラスも夕茜する町で
なにを　たれに物言いたいのか
頭を抱え
口をあんぐり開けて
考えこんでいる

それが　何か
あなたは知っている
抗うものを
飛散するものを
声にならないものを

苦い地球

地球が震えている
地球の筋が攣《つ》っている
昨日はあちらで　今日はこちらで

信じることの毒
信じないことの悪血
揺れる人の心
波打っている海の向こうで
汗ばんで　痩せてゆく潮騒
よせかかる苦い塩

「一寸」

嗄《しわが》れた疑惑の声が
背中越しに呼びかける

あなたの眼
あのひとの眼
雑草のような蒼い芽は
地球儀を巡り　ところ構わずめだっている

暑い陽に裏返され　飛び交う言葉は
人の心に悪血を誘う
者は
そしらぬ顔で肩をゆすって過ぎる

そして一日は　こともなげに暮れてゆく
「あすは?」
ほのかな期待を膨らましながら
でも　明日は何も約束はしてはくれない
石ころ路を　草履を引きずりながら
歩いた日が懐かしい
だが　それも無残だった
だれに　こと挙げする術もない

いまは　閻魔の顔した悪路の道
真っ赤な　千本の針で身を刺し
明日は　明日は　と
眼には見えない時の針で
分別の身を刺す

思惟は風雨に打ちひしがれ
あらはに白骨を剝き出し　晒されて
信じることのできない　無残

そうだ　いつも強者は　高見から
霰のような妄言を浴びせかける

深呼吸懸命

名もなき雑草
名のあるざっそう
踏んづけられても蹴散らされても
雑草は雑草然として生き抜いている

みんな生きるために
上を向いて　深呼吸！
宙からの蒼い声

干からびてゆく俺の人生

何かが足りない　何かが
その何かがわかればね
もっと吸って　もっと吸って
雀が木陰から囀る

生きることって難しいね
大根の白い花と蜜蜂が睦んで囁いている
ひんやりと風が肌にしみる朝
お前も　お前も　生きることに懸命

あっ！　おれが狙っていた　あの木の実
またカラスの奴めが　先に失敬した
いつも　ずる賢い奴が先だ
かれも生きることに懸命

そうだな　神の掌などなかった
雑草は雑草なりにあることに懸命
弱い者は弱い者なりに
もっと吸って　もっと吸って
青空を吸い込み深呼吸！

うっかり

秋も　はや終わりにちかい
でも　頭のなかは　まだ夏なんだ
あの　暑さが頭のなかで沸いている

田圃道を歩いていたら
うっかり溝にはまって
びしょ濡れ
えんこうや　どしょう　はいなかったけど
這いあがろうとした俺の足を引っ張る奴がいた
やっと　這いあがって溝をみたら

怖い顔をした奴が　ぼくを睨んでいた
くそっと思って　よく見たら
水面に俺の顔が写っていた

うっかりすると　世の中
とんでもないことなのか
とんでもない奴が
とんでもない時にでてきて
とんでもないことをしでかす

結構それで　この世はさもしい
縷々《るる》　言の葉をつらね
ときには謎々をしかけ
ときには嘘も方便と

いるんだ　ね
白いものを　真っ黒にして
よく喋る奴　とんでもない奴
俺は　と　ふんぞり返って高見にいる

迷惑なんだね
またこの国を　焼け野が原にすると言うのか

朝顔の夢

男は歯を磨こうと、
歯ブラシを口へ持っていったが歯がない。
カガミを覗いてみたら顔がない。

昨夜の夢見が悪かった。
夜咲く朝顔の花の夢――
日除けようの縁側の朝顔棚の蔓が軒まで這い上がって、
棚一面に繚乱と花が咲き乱れていた。
白・赤・青・紫・黄色と五彩の色とりどりの花弁が、
妖精のように怪しく輝いて、

夜の朝顔って、幻想的で良いなと感心！
でも、なぜ夕顔でないのかな、ちょっと不審におもって、
ぶつぶつ言いながら、呆然とその見事な光景に感心していた。

「あなた、なに寝言をいっているの」と側で妻の強《こわ》い声がした。
慌てて布団を被ると、朝顔の花弁がだんだん人頭大に膨らみ、
ニヤリと笑った。そのにたり顔が、何とそれは己の顔のようである。
男は朝顔に顔を吸いとられるような、
朦朧とした気持ちになってゆく感じがした。

そうだ、世の中最近逆さまの様相が多いことだし
あの時、夢のなかで己の顔を吸いとられたままだ！
いずれにしても、早急に顔を取り戻しに行かねばならぬ
「まだ　あなた、寝言から覚めないの！」
妻の小言に、やっと己に返って、あたふた縁側へ出てみる。

朝顔棚なんて何処にもない。

しどろもどろに洗面所へ走る。
いそぎ鏡に向かうと、阿修羅の顔が写る。
仰天、これは俺の顔じゃない！
洗面器へ、ざんぶり顔を浸して身震いする。
すると、のっぺりとした萎びた顔が、不服そうに男をみている。
でも、あるべきものがあれば、それでよい、とぼそり呟く。
しかし、何となく変な気分である。
どこからどこまでが夢中であったたか、定かでない。
人が人たる所以の九十パーセントは顔にあるのだから、
顔を失う夢を見ると言うことは、
何となく不安が募るばかり。

世の中、本末転倒の激しいこのごろ、

夢とばかりには言っておれない。
なんとなく、
男は日頃の自信が急に萎えしぼんで行くのを覚えて、
突っ立ったまま、
あんぐり、鏡に問うている。

永遠にバスは来ない

福山城公園のサクラが満開だという
花冷えが知らす
バス停へいそぐ　久しぶりのバス乗り場
バスはなかなか来ない　もう一時間も立ち詰め

バス会社は潰れたのだろうか
バスは永遠に来ないのかも
緑色のバスが恋しい
そう言えば　小池昌代さんの『永遠に来ないバス』という
詩集があったが　でもあの詩ではバスはやって来ていた
川土手のほうへ首を長くする

道を埋めるようにして来る緑色のバスはこない
ああ　老人の足を奪う政治が悪いのだ
「官」と云う字が悪いのだ

道路はあるのだ　人は居ないのではない
国道、県道、町道、邑道、古道
まるで　道路が郊外の邑の三分の一を占めている
それに国道が詰まるといって
またバイパス道を作ろうとしている
道が間違っている
政治が悪いのだ
どの道もトヨタが走る・ニッサンが追い越そうとする
ホンダ・マツダ・ミツビシが続いて、負けじとスズキが

あの家から　こちらの家から

出て来る　出て来る
あの道　この道　円い奴　四角い奴　尖った奴　色とりどり
まるで役者の顔見世のように
これではバスも出る場がない
乗る者もいないだろう
車が道　道が車

ああ　永遠にバスは来ないのだ
疲れた
老人は老人ホームへ行けと言う
花見はわが家で
瓶に生けた水仙の花見としよう
満開の城公園のサクラも花冷えの後を追うように
菜種梅雨でいそいで散るだろう
ホロホロ老人恋いしと散るだろう

釣瓶落とし

黄金のベッドのうえで
大の字になって惚けている秋
熟れゆく人影は北風の白い風車に
今生を褐色に
化外へと転がってゆく

宙はくすぐったそうな半睡
だれも咎め立てする者はいない
ここが行き止まりと
巻雲は青い河をせきとめ

天末線は榛の実を噛んだしぶい顔をして
街路樹に千羽の雀が群れて　なんの騒ぎ
通る人の怪訝な目つき
新聞も週刊誌も話題はくらい
世間はいつも言挙げしないが
こころの中はみんなすっぱい

今朝軒に囀る四羽の雀が言っていた
この家のあるじ介護で少し惚けたようだな
お前達にもそう見えたかい
介護って大変なんだよ
お前達にも介護ってあるのかい
雀たちは言ったね　ちゅん　ちゅん　とね
世の中一寸さきは闇だわ

ああ　秋の日は釣瓶落とし　もう日が暮れる
齢もつるべ落とし

孫が言ったね　釣瓶って何
ガラガラっと身のうちへ落ちて行く音がした
大きな落とし穴だって

（Ⅱ）秋のうた

手　車（ヨーヨー）

ヨーヨーの赤や青の光の玉が
ひとすじの意志にしなうように
空中をはねまわる
五月の庭の光の輪のなか
こどもらは
なげたものが必ず返ってくると信じて

逃げ水のように乾いてゆく思いで
つなぎ止められない影に引き寄せられ
縁側のガラス窓の影が笑う

みんなそうして来たんだと言えないで

陽のかげってきた台所から
子供をよぶ母の声がする
いちだんと甲高い声がして
夕餉の匂いのなかへ
みんな吸いこまれる

テーブルを囲んで華やぐ
湯けむりたつ思いの渦のなか
一本の糸に繋がって回っている影
もう一本は親の絆に縛られない
すきま風に揺れている火影

おとなの縺れこんだ糸は

見えない風にゆられて
明日へ急き立てられている
だれにも知らされないで

初夏の風

一幅の絵の構図がきまらない
机上の花瓶と一個の果物
光に変化する色彩は魔物

去来する観念に断念が重ならない
絵筆をくわえたまま
スケッチブックは開いたり閉じたり

つれづれの初夏の風
ひろびろとガラス戸を開け放って

青い夢のような絵を空へ描いてみる
雲と入れ違いに観念が飛びたつ
どこかで戸を閉めてと金切り声がする

まだ乾ききらない画面は
いつの間にか夕暮れ
赫々と落日に染まったガラス戸に
対話している男女のシルエットが映る
なにを語っているのだろう
「永遠について……どう思う」
「どこかで、ぷつんと切れて」

速くで雷鳴　キラリ稲光りして
ガラス戸のシルエット消えさり

季節狂い

季節狂いの
冬の日の
採りのこされた白菜の
外葉は霜枯れて
古老の頭

あわれを余所に鵯の
芯葉も食いちぎり
必死の芽まで千切って
ざんばら

花咲く夢
懸命の種作り
むざんや
もの言わぬ物の相

一昔まえ
もの言われぬ者を
戦場へ駆り立てた　無残
夢に出てくる若き友の笑顔

いま再び鴨ごときもの
美しき国作りとて
若者に無残を強いるのだろうか

白地の中の
あの真っ赤な日の丸は
なんだったのだろう
季節狂いの
ガラス越しの冬の日の
椅子に凭れ
夢のなかで　糺す

あの邑この邑どこの邑

へのへのも　と
くもった窓ガラスに
への字を書きそびれた
指文字
くすぐったそうに笑いかける
透かし絵の　もへの

藁家の軒には
千本のツララが下がり
千本の矢になって

はるかな空へむかつて光っている
あれは　どこの邑だったか
もう思い出せない
古い写真帳に色褪せて写っている
あの人
この人
笑顔が少し淋しそう

いまごろ
どこか　公園のベンチで
日向ぼっこをしながら
しらない老人と
他愛のない昔を
語り合っているかも

戸外の荒田には
いまも
深々と綿雪がふっていて
過ぎ去ったものが　みんな
真っ白な幻影になって

春日

菜種梅雨の
木々の芽吹き　ぬらし
季節　いそいで

むしょうに春は　空虚
ぼんやり物思いして
なにも思っていなかったり

なにか手遊《てすさ》びしていなければと
ペンを握ったけど

書くことは　なにもなく

書いた言葉も　葉がくれ
言は　ひらひら空へぬけて
手もとも　こころもとない

心待ちにたれかを待つのだが
つまらない世間をさげてくる人
うきあがる言葉　ひとつもなく

時間なんてあってない
がらんとした部屋のくらがり
柱時計の音だけ　いそいそ

古くしょぼくれ

のたりのたりの　春の野は
黄色い花の里
とおいい
むかし

書法

十二歳の孫が書道の初段をもらった。合格の物差しにはどんな秘事が隠されてあるのか。

一八〇二年（嘉慶七年）清國の書家　石如六十七歳のとき、二十歳の包世臣に書法を教えた。「曰く、字画疏なるところを以て馬を走らすべく、密なるところ風を透さしめず。常に白を計って以て黒を当つれば奇趣乃ち出ず。」

法とは、分からない様な理の中にみえかくれする術であるのだろうか。昔から術を会得するには必死と時間、それに天分がひつようとされた。
しかし自分流を誤算して、その道に通じたと信じる者の中にはわが法を曲説したがるものもあるようである。

世の芸に携わる人の金釘流にも味はあるもの。それもこれも好みというものだろう。この世界にも整然としたものよりも揺らぎ歪んだ形に面目を感じるものがある。石如の馬を走らせ風を透させないのも似たりよったりだろう。

今日も孫は書を習いにゆくという、書道具を自転車にのせて楽しそうに走って行く。自転車は馬だ、車輪に風を切らせて彼の心に馥郁とした書風ができあがるのだろう。春風は若芽を膨らませ孫の髪を勢いよくはねている。

石如よ、あなたの書法を孫に説いても未だ理解できないだろうが、ぼくのような朴念仁が見ても心なごむものを書いてもらいたいと思うのだ。

鞆の春

——わぎもこが見し鞆の浦のむろの木は常世にあれど見し人ぞなき　（大伴家持）

波止の扉をたたいて漁船が帰ってくる
拳のように頑なな鞆の湊
かもめの群れ舞う金切り声
船頭の海焼けした顔は耀いて

渚に打ち寄せるやわらかな白い掌
なにを伝えるのか
なにをもち去るのか

うち捨てられた白い巻貝の骸から
ほうほうと遠い声がする

過去を知ってどうなろう
だが過去も知りたい
肩を寄せあった間口の狭い迷路の家並みを
だらだら紙魚《しみ》の食った案内図の坂道へ
登って行く

医王寺・安国寺・小松寺・福善寺
対潮楼へと
眼下の青い褥に
弁天様の赤い裳裾から白い素肌がこぼれている
艶に仙水島を枕にして
どこからか琴の音がきこえる

千鳥波のつま弾く遊び女のわざか
懈怠《けたい》の春の瞼に
旅人のみた室の木が浮かぶ
島影はたたなわるように
あお黒く重たい
そのためか
ぼくの眠りたりないぼんやりに
押し車をおして魚を商う老婆の
半音低い声が
潮騒のように聞こえてくる

邑の顔

荒れはてた　畑に
百日草の群生が
あつい日差しに紅々と炎えている

鬼ヤンマもシオカラトンボも
いっこうに姿が見えない
いつの頃から　このようになったのか
トンボを追った子供の影がこいしい

荒草を刈り倒されたなかに

名もしらぬ鳥の群れが
なにかを　しきりに漁っている
近づくと　阿修羅を見たように
ぱっと一散に飛び散ってゆく

ああ　吾はいつから阿修羅になったのか
大地を顧みず　荒地にさらし
スーパーで野菜や惣菜を買って食して

お彼岸も近づいたのに
赤トンボの群を見ることもない
唄だけが残った赤トンボ

夕暮れの空には
蝙蝠の羽音が

悪魔のように聞こえる

豊かさを求めての代償
すべて幻影だけが残った
今日も己の背中に
昔が大いなる負債となって
真っ赤に夕日と重なる

冬の日溜まり

寒そうだな　外は
だまりこくった
雲と冷たい風の耳

あてはないけど　街のどこかへ
まぎれこめば　少しは
そとの風のほうが

暖まることはないけど
なんとなく心休まるおもい

他人の心はわからないけど
冬の顔からぬけでれば
コーヒー豆の匂ってくる店のまえにも
ちいさな日溜まりがあって
外套にすくめた首も一寸のばし

通りすがりの人の顔にも
ちょっぴり日溜まりが笑顔に
見えたりして

日だまりの中に
赤い目の白兎がいたりは
しないけど

ふふふっと笑う女の子の
ウインドーガラスに写る大きな瞳には
冬の日溜まりがあって

日溜まりって　なんだろう
ちいさく　炎えている
あの　温かそうなワッカ

老木ざんばら

骨になった
ＭＲ写真の　人体解剖図
こうしてみると　己とはざんばらだ

無表情な　医師の
老木は修繕のしようがないです
瓦礫に言うがごとき口ぶり

酷使してきた　人生のなれの果て
無言――

痛み止めでも注射しときましょう
針のような冷めた言葉

われの歴程に　誤りはあったか
秋蛩《しゅうきょう》の庭に佇み
黙して語れない

何はさておき
考えても無駄
あのて　このて
膏薬や健康食品を試したけど

いまは念仏三昧と
そんな尋常な男でもない
でも会得したような顔をして

きいたような事を言う
そばで
クシャミをしている者が
いるとも知らず

春の一日はながい

野菜畑の調理人

空の藍をつかもう　なんて
夢をくるくる　まいて
えんどう豆の細い蔓は舞い上がって

もう　ちょっと
もう　ちょっと頑張って！
野菜畑の隅のほうから野鳩の
テテッポウ　テテッポウ

ああ　五月は萎びた　いのちの
緑《あお》い蘇生の息吹く月日

颯々と　精霊の　薫風の
舞い降りてはしゃぐ白蝶

えんどう藪のなかの鞘豆は
初夏の勲章のように揺れて
味覚の王者を誇示する
竹籠を持った男はぶすっと突っ立ち

さて　と深く考えることは何もない
のどかな風と光にまどろむ野菜畑
男は年老いた名コックのように
しばし今宵の調理の瞑想にふける

ゆれる南欧のパスタ風の仕上げで
少し健康な緑黄色料理を夢みて

番がくる

ピーポー　ピーポー
そこのけ　そこのけ
朝っぱらから
赤い十字の車が
邑路を走る

こんどは　だれだ
吉さんか　健さんか
取り残された邑の老人たち
嫌だ　いやだ

耳にのこる　あの警笛

仕方ないさ　でも
そろそろ
俺にも　番がくる
たれかの頭の中を影がはしる

遠くない　いつか
白い抜け殻を
神妙に竹箸で　摘まれて
ぽとん　ぽとん
壺のなかへ詰めこまれ
軽くなった俺の魂はどこへ

今朝

新緑の柿若葉に宿った露の玉が
朝光の一瞬の視線に
だれかの魂のように光って
番を知らせるように惟《おも》えた

湿った話

ユラユラ　ときたま
湿った男が
路地裏の四つ角を曲がってきます
日暮れを　うすい肩にのせて

かれが通ると
あたりの家々は　ぼうと霞んで
家の軒にいた雀たちは　待ち兼ねたように
ぱっと飛び立って　後を追います
まるで　彼が帰るのを待ちかねたように

かれの住む家は　もう直ぐそこです
カラタチの生け垣を廻らせた一軒家で
茂るにまかせた草木茫々の屋敷です
そばを通る人は空き家かと思うほどです

春になると　屋敷には梅の花がチラホラ見え
秋には　八朔の黄色い実がさびしそうにみえます
おそらく両親の植えたものでしょう
夕暮れになると何十羽もの雀が群れきて
まるで雀屋敷のように賑やかです

小耳に挟んだのですが
売れない小説家だということです
もちろん　独り者
ひとびとは「秋雨時雨」と呼んでいるようです

噂には噂の花が咲くものですが
ときには人の目を惑わかすようなことも起こります
今朝　九時過ぎごろ　四つ角の方で
騒々しく集まっている大勢の
記者風の人々が彼の家へ殺到していました
さては　と思いましたが
頭の中をチラックものが何か
まだ言えません
十時の時報がなっています

いずれにしても
四つ角の通りが乾いてくれればよいのです
雀たちはどうしているでしょうか
気になります

辛抱のゴムの切れるまで

物忘れがひどくなり
言葉も　心もどもり
眼のかすみもひどくなり
齢を時にしゃぶられ
体がぼろぼろになってゆく

生き存《ながら》えると言うことは
廃物になってゆくこと
おーい　廃物よ！
地の底から足をひっぱるような声

ふりむくと　弱った足が段差に躓く
ああ大地までが
ましてや秋風までが背をおす

この夏は　みんな仁王様になって
暑かった　暑かった　と湯気をたて
体温を越える暑さに廃物たちは蒸発
消える廃物を横目にほくそ笑むものもいる
観念　観念

昨夜　臙脂色した蛇が
執念ぶかく夢を締めつけにきた
邪悪の裂けた口と舌が廃物を飲み込もうと
爛々とまなこを輝かしているので　眼が覚めた
今朝は真っ黒い嘴をした烏が庭先へきて

廃物の影を　ささらに突っ突くのです
鍾馗のような落日に天末線が焦げそうだ

悄然としてゆく意地
辛抱の齢も音たてて崩れる
だが　辛抱のゴムの切れるまで我慢我慢

春を過ぎゆくもの

サクランボの実が
遠目でみて
うす赤く熟れてゆくのが
不思議だ

ほんの
二、三日前まで緑色していたのに
晴れ上がった二日ほどの光に
若緑の葉がくれのなかで
色なしている

もう　小鳥たちは
みつけものをしたように
はしゃぎ　騒ぎたてて
人目をしのんで
木の間をくぐり

たれの咎めだてもない
ただ熟れゆくものの風にしならうもの
うれゆく実の日毎の色合
九十年の己の歳月をかさね
まだ熟れない己の身にてらす

日々の思いのなか
晩春の風
はげしく騒ぎたてている

山笑う

しなやかに　桜桃の枝がゆれて
しなやかに　男の心根をゆする
しなやかな　風のしなやかな技

和毛《にこげ》のような雲が
春の字を青空へ描き
ゆらゆら　ものみなは　たゆたう

おちこち　みるめの山々は　笑い笑い
よわくなった　男の心根に

おまえも齢をとったなと　さやぐ

遥か向こう山　熊が峰の電波塔が
白い歯を剝きだし　なんとか頑張って
おまえも笑え　と言っているけど

もう齢のことは考えないことにしている
しなやかな風に　なにごとも
身をまかせて揺れていればいい

なに望むことも少なくなった　この頃
さかしらに　こと荒立てて言ったところで
昔は昔と　山まで笑って答えるだろう

秋のうた

失われゆくものの美しさ
ときに　憶いでの壺のなか　ユラユラ
きのう　きょう
ゆれる心は　セピア色
それを追い求める夢の懸け橋

みんな　いい人だったと思う
みんな　嫌な奴だったとおもう
平凡に　かなしい日々が過ぎ
子供たちは　いつの間にか

孤独を抱えて育っていった

あの頃の　あいつはどうしているだろう
雲のシルエットが
寂しく　そっと冷えた心を包む
齢をとったな　と
かなしさよりも　いまは
微苦笑のほうが適当かもしれない

空蟬も落葉する樹から
大地へ
やがて秋風が
足元をうっすら
褐色に　染めはじめている

法師蟬

つく　つくと
いのち　つくと
法師蟬の

夏　つきて
秋　つくと

うすい　風の掌にのって
くるくる舞ってくる
時の幻のような

命の一葉

追われ　追われ
もう　これまでと
夢の際涯に立ち

ふと　光の糸にすくわれて
ああ　生きていたと
うすい　抜け殻《がら》に
つくつく法師と
すがれ

わくらばの
はかない舟に　すがり
今年の荒波に　棹さし

さあ　のり越えん
茜さす　最果てへ

著者紹介

荒木忠男（あらき・ただお）
一九二五年生まれ。
第一詩集『鞠の唄』私家版
第二詩集『座席』私家版
第三詩集『荒木忠男詩集』近文社
第四詩集『黄まだらのメモリー』みもざ書房
第五詩集『夕日は沈んだ』書肆 青樹社（中四国詩人賞）
第六詩集『切り戻し』ゆすりか社

所属　日本現代詩人会会員、日本詩人クラブ会員、中四国詩人会会員、広島県詩人会会員
現住所　〒七二〇-〇八四一
　広島県福山市津之郷町大字津之郷二三二八　TEL　〇八四-九五一-二〇〇一

詩集　ある日一樹は

二〇一七年四月二九日初版発行

著　者　荒木忠男
発行者　田村雅之
発行所　砂子屋書房
東京都千代田区内神田三―四―七（〒一〇一―〇〇四七）
電話〇三―三二五六―四七〇八　振替〇〇一三〇―二―九七六三一
URL http://www.sunagoya.com
組　版　はあどわあく
印　刷　長野印刷商工株式会社
製　本　渋谷文泉閣